名流詩叢 47

土耳其詩選

Anthology of Turkish Poetry

每當我想起妳
有蛇從我腳下溜走
我的馬步伐踉蹌
有星星落入伊西格湖
野狗撕裂我的心。

〔土耳其〕法迪・奧克台 (Fadıl Oktay) ◎編選

李魁賢 (Lee Kuei-shien) ◎譯

土耳其詩選漢譯序

李魁賢

　　土耳其是一個獨特的國家，橫跨亞歐兩大洲，成為古代絲路必經之地，又因北濱黑海，南臨地中海，西接愛琴海，兩洲交界又有土耳其海峽，擁有海運最佳地理位置，成為土耳其人擅長商業經營的民族文化基因。土耳其自拜占庭帝國時代起，經羅馬帝國、鄂圖曼帝國，再進入土耳其共和國，已經發展具有2500多年的輝煌歷史，也因而形成伊斯蘭教、基督教、東正教等不同宗教信仰共存的勝地。

　　土耳其不但是人口7000萬的大國，土耳其文在中亞屬於強勢語言，對中亞各國影響深遠。中亞國家包括格魯吉亞、哈薩克、烏茲別克、土庫曼，甚至烏克蘭、蒙古，懂土耳其文的人所在多有，土耳其語總人

口數約有一億。土耳其文學在世界文壇上佔有一席之地，奧罕·帕慕克（Orham Pamuk）即以小說《伊斯坦堡》獲得2006年諾貝爾文學獎。

　　回顧台灣與土耳其國際詩交流，緣起於我與蒙古詩人森道·哈達（Sendoo Hadaa）合作編輯英文本《台灣心聲——台灣現代詩選》（Voices from Taiwan—An Anthology of Taiwan Modern Poetry, Muhkhiin Useg Group 2009）。在蒙古出版後，哈達為我介紹土耳其詩人妥占·阿爾坎（Tozan Alkan），合作翻譯出版土耳其文本《台灣心聲——台灣現代詩選》（Tayvan'dan Sesler—Modern Tayvan Şiiri Antolojisi, 伊斯坦堡 Ç.N. Kitaplığı 2010），共選譯27位台灣詩人作品，這是台灣詩進入土耳其詩壇的契機。

　　後來土耳其女詩人繆塞爾・葉妮艾（Müesser
Yeniay）曾用土耳其文翻譯拙詩〈雪落大草原〉，
刊於其主編的《詩刊》（ŞiiRDEN）第37期（2016
年9/10月號），惜進一步推動土譯台灣詩選計畫沒有
成功。所以，我再與土耳其詩人梅舒・暹諾（Mesut
Senol）合作編譯出版漢英土三語本《台灣新聲》
（New Voices from Taiwan, 美商EHGBooks微出版公
司 2018），選譯10位台灣詩人，另外單獨土譯拙詩集
《黃昏時刻》（Alacakaranlık Saati, 伊斯坦堡Artshop
Group 2018），算是第二批機會。

　　以上是台灣詩輸出土耳其的大略，至於土耳其
詩輸入台灣的紀錄，在《李魁賢譯詩集》全六冊（台
北縣政府文化局2003）共選譯72國253位詩人877首

詩中，竟然只有土耳其詩人法濟爾・胡斯努・達格拉卡（Fazıl Hüsnü Dağlarca, 1914~2008）的一首詩〈燈塔〉殿後，而在《歐洲經典詩選》（桂冠圖書2001~2005）25冊50位詩人當中，無一土耳其詩人入選，顯示我對土耳其詩的知識和介紹嚴重不足。直到2018年參加突尼西亞西迪布塞（Sidi Bou Saïd）國際詩歌節，結識葉飛・杜揚（Efe Duyan），漢譯出版其強烈社會運動詩選集《街頭詩》（秀威2021），另漢譯上述梅舒・暹諾詩集《情話》（The Tongue of Love），交由秀威將與本書同時出版，才算補上一個缺口。

　　此次雙向交流計畫是由土耳其詩人法迪・奧克台（Fadil Oktay）提議，原擬編印台土詩人合集，雙方各

選16位詩人，每人選2首詩，分別在台灣出版漢語本，在土耳其出版土語本。但為顧及實際需要，經數度討論後，修訂為在土耳其出版《福爾摩莎詩路》台土詩人合集土語本，16位台灣詩人增加到每人選詩3首，而在台灣出版《土耳其詩選》漢譯本，選土耳其詩人增加到20位，每位選詩2首或3首不等。雙方選譯編印都順利進行。《福爾摩莎詩路》已訂於2023年在土耳其出版，而今《土耳其詩選》就呈現在諸君面前。

我曾經在詩討論會上提到：「詩有潛在的文化基因，而意識兼具傳統文化的內涵和對外在現實的反射。因此，詩的創作是基於詩人涵養為基點，表現詩人對社會現實的觀察，以意象語言的曲筆加以評論，做為對世界的見證。由此可見，詩作的表達有雙重

性，一是外在性，詩人藉外在現象起興，做為現實經驗的基礎；二是內在性，詩人經由內在思惟，反映對現實世界觀察的批判。」

在詩史發展進程上，大而化之，可概略為現代主義和現實主義兩種思惟的交纏，浸久互相滲透吸收，有些界線就會模糊，並非決然分際。但根據我個人觀察，現實主義的表達傾向外在性，而現代主義的追求，就偏好內在性，但詩創作是綜合性藝術，往往兼具外在性和內在性，詩的特徵只是沿外在性和內在性的光譜上位移。在這本《土耳其詩選》裡，可明顯看到詩人及其入選詩作，或具備外在優位性，或沉潛內在強化性，也有隱含交揉並呈的現象。

　　這本《土耳其詩選》入選20位詩人，出生、成長和長年居住地，遍佈土耳其國內東南西北方，首都、大城和小鎮，甚至有已經移居國外，也有出身自北賽普勒斯土耳其共和國，可見具有普遍性。而年齡分佈自1940年代，經1950年代、1960年代，1970年代，以迄1980年代，人數正好呈常態分配曲線，可見從群數中有其抽樣代表性。至於詩內涵的外在性和內在性傾向，似與年代無顯著相關，應是社會意識所致，當然僅僅二、三首詩的選用，也未必是詩人的突出代表性作品，因為編選者法迪・奧克台訂定條件是選20行以內詩作為原則。無論如何，由本書《土耳其詩選》見微知著，可以得知土耳其當今詩壇的梗概。

　　但願台灣與土耳其的國際詩交流，有更多管道繼續推展，畢竟文化是久遠的事，台灣文學要在國際上廣泛獲得接受，也有待長期努力。

2022.06.07

目次

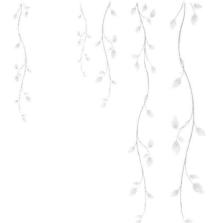

辜倫瑟・詹卡雅 GÜLÜMSER ÇANKAYA

澤莉哈‧艾佩珂
ZELİHA AYPEK

　　出生於安卡拉（Ankara），在當地受完小學和中學教育，到科尼亞（Konya）讀高中，最後安卡拉大學畢業，獲語言歷史地理學院（DTCF）社會學學位。曾在私人教室短期擔任哲學小組教師，然後在安卡拉耶爾德勒姆‧貝亞齊特（Yildirim Beyazit）高中任教。2000年起定居法國。詩、評論和小說發表期刊，包括《七月》（Temmuz）、《唯詩》（Sadece Şiir）、《莎草紙》（Papirüs）、《惡魔》

（Ecinniler）、《流傳》（Söylenti）、《文學觀察》
（Edebiyat Nöbeti）、《阿耳忒彌斯》（Artemis）、
《七項氣候》（Yedi İklim）、《巴比倫》（Babil）、
《伊萊茲文學》（Eliz Edebiyat）、《美麗春天》
（Berfin Bahar）、《當代藝術》（Güncel Sanat）、
《鼴鼠》（Tmolos）、《風格》（Üslûp）、
《反藝術》（Aksi Sanat）、《民間文學》（Halk
Edebiyatı）、《湖泊文化》（Göl Kültür）、《藝術與
文學》（Sanat ve Edebiyat）。已出版詩集《沙發》
（Sofora, 2019）。

宣判
the sentence

嗨！異端的地球
不會完全忘掉
任何事！

即使你會突破本質
我仍然是另一副樣子
依舊是
清新的水流

恕我提早宣判！

烏托邦
utopia

新草割傷我的臉

在那無聲的月華之夜

要是我已經倒下

我的黑髮

會從玫瑰脫穎而出

夢呀，降臨到

睡眠來

歇息

我可憐的音節呀

我沒有求愛的餘地

除你之外

時間不知恥

以殘破抵抗穿越夢境

時間竟是創造物

我心有點像粗暴發狂的

無土地國度

槐樹
sophora

歲月進入我們之間

遲鈍到

昏昏入睡

至於槐樹的垂枝

在等待中徘徊

生命呻吟

傍晚來臨啦

傍晚時

如果你再出現我就抓你

抓你雙手就夠啦

謝拉彌・卡臘布魯特
SELAMİ KARABLUT

　　1970年出生於託卡特（Tokat），阿納多盧大學
（Anadolu University）商業管理學院畢業。詩文和
訪談，發表在各種文藝雜誌和報紙。得過若干詩
獎。現住在安卡拉。已出版詩集《追蹤與逃亡》
（İz ve Kaçak, 2003~2005）、《崩潰》（Kendine
Kırgın, 2007~2009）、《尚未完成》（Yarım Kalan,
2010~2012）、《另一場洪水》（Başka Tufan,
2011）、《雪嶺》（Kar Ateşi, 2012）、《天底下》

（Göğün Altında, 2014）、《遙遠諾言》（Uzaklara Söz, 2015）、《詩合集》（Toplu şiirler, 2021）、《無聲的呼喚》（Sessiz Çağrı, 2021），小說《沿路無影》（Yol Boyu Gölgesiz, 2014~2019），論文集《愛情詩學》（Aşkın Poetikası, 2018）、《詩關於愛與超越》（Şiir Aşk ve Ötesi, 2013）。

遺留在往昔
Left In The Past

那是我的老臉在看妳

像是剛睡醒般清爽

睫毛還沒有長到夜晚呢

寺廟每天播音五次

躲在裡面的神是以房間正面

雕飾的群鳥奇怪亂抖造成

市場不會為此揭開招牌

而礦石的絢麗光彩

在秋葉光照下顯得黯淡

不要在乎是否在眨眼

不難理解那困惑

已經習慣妳櫥窗的魅力

那是我的老臉在看妳

空虛一如彩色圖畫

對我成為久已陌生的外人

鋭眼
Sharp Eye

我看他晚上不斷在拆解編結

雙手忙亂姿勢美妙，成果豐碩

樹枝晃動上上下下彈跳不停

有點像是超越時間的謎樣大師

在籠子裡微笑的人群幸福綿綿

大家都沒有時間看繁花春天

閃亮星星瞬間就消失無蹤

對無法就近觀看者，倒是晚間樂趣

我愛管閒事，被稱為街上的瘋子

我快速檢測灰塵並設置時鐘

讓他們知道我默默在注意
那些人彼此點頭表達說話的含義

站在季節晚上焦黑不分明的
岸邊，他的眼睛調節很好
手指準備迎接看不見的正義勝利
他僧服裡的星星充滿快樂

從晚上吹過來的口香糖微風
天上雷雨幾乎像爆笑一樣
啊，幸而每人同事都忙，擠在一起
我自愛，因為知道自己的成就

馬俊・鐸淦
M. MAHZUN DĞAN

　　1964年出生於杜茲盧斯（Düzlüce），1987年安卡拉大學新聞廣播職業學校畢業。詩、散文、小品文和採訪，常發表於各種雜誌，諸如《資格》（Nitelik）、《海岸》（Kıyı）、《這個》（Su）、《明天》（Yarın）、《藝術指南》（Sanat Rehberi）、《括號》（Parantez）（在德國）、《當代土耳其語言》（Çağdaş Türk Dili）、《詩意》（Şiir-lik）（在德國）、《世界圖書》（Dünya Kitap）、《共和國圖

書》（Cumhuriyet Kitap），還有報紙，包括《民主
黨人》（Demokrat）、《解放》（Oslobodanje）（在
薩拉熱窩），以及網路評論《愛美思》（İmece）和
《窗》（Pencere）。1996年創辦文化、知識與藝術評
論雙月刊《窗》。已出版詩集《我的手先醒》（Önce
Ellerim Uyanır, 1984）、《我聲音中的含羞草》
（Sesimde Mimozalar, 1993）、《地球中心在下雪》
（Kar Yağıyor Yeryüzünün Kalbine, 2000）、《宛如我
獨自一人》（Sanki Yalnızdım, 2007）、《嗚嗚嗚……
啊哈！》（Uyyyy... Aha!, 2016）、《老城區》（Eski
Mahalle, 2016），論文《迷宮和遊樂園／冒險詩》
（Labyrinth and Lunapark / On Poems On Adventures,
1994）、《尊重思想》（Düşünceye Saygı, 1995）、

《正如土耳其》（Türkiye Kadar Bir），和選集《母親
的聲音憂鬱》（Annelerin Sesi Mavi, 2002）。

這是愛嗎？
Is This Love?

春天是要吻妳的笑容

夏天是要睡在妳的皮膚上

我說，哪個太陽

會比妳暖和的呼吸更溫暖

這是愛還是什麼

我要是握住妳的雙手

就忘掉一切失敗

和艱苦奔波的往日歲月

路從妳目的地通往荒涼

我的童年記憶從鄉村湧入屋內

火車自行轉彎
後面拖拉廣大天空

不知誰送的玫瑰
The Rose Whose Sender is Unknown

我知道，傷心會使心成熟

不過，我說，這幾天就快快度過吧

不知誰送的玫瑰會來敲門

可能喔！

我們在家，在家

從清早起就在等妳

那時候群鳥還沒有睜開眼睛

已播種的田園美景向永恆張開雙手

雖然天空如此美麗
While The Sky is So Beautiful

雖然天空亮麗

這個世紀是髒手帕

所以我正要離開

隨身帶走莫斯塔爾*閃亮天空的星星

還有我所愛女人的笑容

我要從不朽的童年鄉村

收集昆蟲聲音

用野生紫羅蘭葉包好

也許會用到九月夜的一陣風

我要忘掉歇息

這個地球是髒手帕

如今我要離開啦

* 莫斯塔爾（Mostar）是波士尼亞的一座古城。

穆斯塔法 · 爾金 · 紀禮企
MUSTAFA ERGİN KLIÇ

　　1977年出生於安卡拉（Ankara），2001年中東
工業大學礦冶工程系畢業。1994年開始寫詩，在2000
年代青年詩人當中獲得聲望，因其詩以表現獨特意
象，日日更新發展詩藝，使詩成為人生最起碼的景
觀，透示文字多義性，具有豐富暗喻，在廣闊地理上
寫作著稱。擔任過《幽徑》（Patika）、《莎草紙》
（Papirus）、《一代文學》（Kuşak Edebiyat）期刊
編輯和出版委員。 2009年發表《現代精英動態詩宣

言》。已出版詩集《字母表》（Lâlfabe, 2006）、
《五感》（Beş Duyum, 2006）、《分貝》（Desibel,
2007）、《鱗片腰帶》（Gam Kuşağı, 2008）、《地
震污染》（Yer Yara Kabuğu, 2009）、《撒丁島》
（Sardünya, 2011）、《黃楊木》（Şimşir Ağacı,
2011, 2012, 2013）、《雅丹男人》（Yardan Adam,
2014）、《獵人的心》（Avuç İçi Kalbin Kalbime,
2017）、《我保存和遺失的東西》（Kaydettiğim ve
Kaybettiğim Şeyler, 2017）、《傑出詩學》（Seçkin
Poetikalar, 2019）、《我們的詩趕不上》（Şiirimizin
Gelemeyeceği, 2021）、《穿透吟遊詩人圈》（Ozan
Tabakası Delindi, 2021）、《哈，時間是童話》（Masa
da Masalmış Ha, 2021）。

聯結點
Coupling point

妳任何玎璫聲

對我變成乒乒乓乓

水平線消失時

妳在我額頭畫一條線

在我尖叫的片刻

妳

撫慰我心痛的聲音

我的心搖晃比擠乳還快

時間比血凝固更甚

如果人單獨呼吸這種天氣

甚至未死就已先腐爛

六月像在點燃火柴

女人從我宛如

七月的胸膛踏出去

我的傷口覆蓋橘子皮

每棵樹都提供燃燒

對我那正是傷口

人的孤獨變成愛

是一個聯結點

流鼻水的春天！
Snotty spring!

我問他期望生命是什麼
他說就是生命本身

今晚螞蟻搬運回家的
是糖不是小麥

新月留戀水，後來離開
迷失在蘆葦叢中
看不到秋天，也不去尋找！

我變成罪人，涉及生命！

流鼻水的春天呀！
在全綠的死寂城市裡
街燈為什麼亮

兩組零集合聚在一起
就產生宇集

一位女孩用繡花巾
包頭

真愛呀，妳不該虛活！
You shall not live untruly, true love!

已故詩人既沒有沐浴，詩也沒有玷污詩人……

妳這樣說過
因而壓抑我高亢的聲音

山谷是對面低地的
嘆息

那些固執的石頭是
妳背後的世界

山是正在枯萎的
花朵

戴在妳胸前的胸針

使支氣管清爽

人能忍耐與甘油炸藥

共存多久呢

向日葵消磨土壤

小麥賦予意義

妳吻我時讓我看到

皮肉間的微差

人生短暫

男人活得太久

胡塞因・費哈德
HUSEYİN FRHAD

　　1954年出生於哈塔伊省（Hatay）的一個村莊，名叫哈薩（Hassa），1979 年加齊（Gazi）大學數學系畢業。1978 年首度在《藝術吸引人》（Sanat Emiş）文學雜誌發表詩。嗣後，詩文都在《具體》（Somut）、《土耳其語文》（Türk Dili）、《在場》（Varlık）、《明日》（Yarın）、《文學作品》（Yazko Edebiyat）、《肉雞》（Broy）、《男人藝術》（Adam Sanat）、《新風格》（Yeni Biçem）、

《文學與評論》（Edebiyat ve Eleştiri）、《書架》
（Kitap-lık）、《夜寫》（Geceyazısı）、《禁果》
（Yasakmeyve）、《喀什》（Kaşgar）、《遊樂中
心》（Akatalpa）、《字句》（Sözcükler）、《爵士
貓》（Caz Kedisi）等文學雜誌刊載。詩被譯成法文、
荷蘭文、德文、保加利亞文、庫爾德文、阿拉伯文和
波斯文。已出版詩集《海水泡沫》（Deniz Çobanları,
1982 ）、《我們跨過夜裡的火焰》（Ve Yürüdük
Gecenin Ateşleri İçinden, 1984）、《讓你的影子走》
（ Söyle Gölgen de Gitsin, 1993）、《發現夢土》
（Hayal Ülkesinin Keşfi, 1995）、《獻幾朵黃玫瑰給哈
哲 》（Hazer İçin Birkaç Sarı Gül, 2000）、《西默》
（Sîmurg, 2004）、《用心記住我》（Beni de Ezberine

Al, 2006）、《祕密儀式》（Gizli Âyinler, 2008）、
《絲綢試劍》（Kılıç İpekte Sınanır, 1982~2007），另
外著作有《論愛與野蠻人》（Aşka ve Barbarlara Dair,
1995）、《天堂之境》（Cennet Diye Bir Yer, 1997）、
《東方記憶》（Şark Belleği, 2016）。

物品
Thing

夜裡，滿月，零時

她嘴角有一朵雲
塵埃的藍雲

她左耳上有一對星星

就這樣。她一定是把衣服忘在家裡
就在前一天夜裡

我望著她，看到一堆破爛茅草
也看到她曲線上的物品

多麼茂盛、肥沃

夜裡，滿月，零時

如果我刻意撿地上小石子丟她
猜想她會脫到精光

或者如果我伸手摸她

發現夢土（第9首）
Discovery of the land dreams, IX

每當我想起妳

有蛇從我腳下溜走

我的馬步伐跟蹌

有星星落入伊西格湖

野狗撕裂我的心。

每當我想起妳

夜色消褪

夏娃呀，我的女友！

教父在絲綢和香料之路

捕殺蜥蜴，嚮往愛上

夏娃，我的女友。

以為這是眾神的預兆

教母把乳房擠出的奶水

去充填乾涸的水井

月娘呀，是薩滿教母。

每當我想起妳

我的土地，我的夢土

每當我想起妳夏娃

我的手臂就被套在我身上。

像我這樣傻瓜

應該受鞭打，被石頭砸死——

塞立夫・鐵穆塔斯
ŞERİF TEMUTAŞ

　　1965年出生於薩利赫利鎮（Salihli）的德利巴斯利村（Delibaşlı）。在村裡上小學，薩利赫利工業高級職業學校電機科畢業。曾在卡斯塔莫努（Kastamonu）教育學院的課堂教學系當過短期工讀生。學生時代寫的第一首詩被認定有危險性，遭到政府逮捕，囚禁在烏魯坎拉爾（Ulucanlar）監獄七個月。1986年起，在各種雜誌報紙上發表詩。已出版詩集《嚴冬後的春天》（Zemheriden Sonra Bahar, 2013~2020）、《秋

天的吶喊》（Güz Çığlığı, 2014~2020）、《皮膚和灰燼》（Ten ve Kül, 2020）。

嚴冬後的春天
Spring After The Coldest Time
Of Winter

在我內心奔騰的河流

逃過火災和子彈

不休不止跑到山上

跑到最後一口氣

跑呀，跳跑呀

響遍懸崖的

餓狼嚎聲

穿透麻雀的心臟

雄山不露任何心事

牧羊人把生命獻給蘆笛

把愛獻給千年孤寂

雜物袋內的希望

寒風凍僵我的雙手

如今是嚴冬後的春天

荒廢孩童的命運

靜夜只留下我

如今是一首裸詩

盛開在自家山裡的番紅花

我從跌倒處跌倒
I Fall From a Fall

我憤怒咆哮

使你的呼吸成為火藥

讓你的雷雨

從黎明暴衝襲擊

懸崖吼聲

抗議不公平

我抓住豆藤

攀上第八層天庭

夢見朵朵雲

我在閃電盡頭被焚燒

躺在地上久久

嗨，井裡濕啦

有酵母在你萌芽時

把握枯枝茂盛展開

把夜帶到你身邊

成為光，奔向太陽

袒露出愛

生命從我眼前掠過

懸崖上有嗡嗡聲

銳石割傷我的頸動脈

在奇異夜裡我確實

朝清晨綻開我的小小花束

如今我已在白天

從夢中跌落到生活上

追逐太陽
Chasing The Sun

我經過多少部落

來到你家門口

我從他們手中接飲一碗水

看到你花園裡的無花果樹

有人死在路上

我的根是橡樹

身體經陽光曬黑

草原是綿綿盡頭的路

不知道要停留何處

我的大篷車

在高山公路上掙扎

指甲花鷓鴣瀕臨春天

我卻在此看到夏天

就逃往高原

我騎馬穿越湍流，正像個男子漢

從那邊在帳篷內編織

黃褐色麻袋布

做嫁妝的女孩們

我看到無始無終的日子

我從泡澡過的溪流中取水喝

所有消息都在信鴿翅膀上

逐漸接收不到

但我的背袋有愛的氣味

雅沙爾‧貝德理
YAŞAR BEDRİ

　　1956年出生於特拉布宗市（Trabzon）的阿卡奎村（Akcaköy），法提赫（Fatih）教育學院畢業，長年自營廣告公司。在許多土耳其詩刊上發表詩和其他文學作品。編印《紫舟》（Mor Taka）詩刊多年。已出版詩集《我叫喊》（Bağıracağım, 1975）、《我解放妳的心》（Azât Ettim Yürek Seni, 1978）、《伊德里斯首位》（İdris birinciliği, 1980, 1984, 1997）、《我不知其名》（Adını Koyamadığım, 1984）、《離

巴比倫五分鐘 》（Bâbil'i Beş Geçe, 1992, 1997）、
《貧窮、煩惱和遠離》（Yoksul, Derviş ve Uzakta,
1994）、《當死神把兒子留在山上》（Ölüm Dağlara
Oğul Bırakınca, 1996）、《和藹暹羅人》（Mu'tedil
Bir Siyamlı, 1999）、《縮影呀》（Âh Minyatürleri,
2004）、《失落的大帆船》（Yitik Kalyon, 2005）、
《幽靜》（Tenha, 2008）、《魯森・阿里・成吉》
（Ruşen Ali Cengi, 2009），短篇小說和散文集《儘
管是用希伯來文寫，卻有所不足》（Sızıdır Beyoğlu
İbranîce Yazılsa da, 1994）、《毫無》（Hiç, 2007）、
《畫家日記》（Ressamın Güncesi, 2008 年），長
篇小說《卡布爾卡路上的苦行僧寓言》（Derviş
Meseli, 2004），城市導覽書《1996年特拉布宗市》

（Trabzon'96, 1996）、《特拉布宗市的塞倫吉茲文學作品與照片和版畫》（Fotoğraf ve Gravürlerle Trabzon Şehrengizi, 2012）、《聖索菲亞大教堂親密骨骼星座和深藍色》（Ayasofya Mahrem Kemik Falı ve Lâcivert, 2012），詩選集《2006年詩選集》（2006 Şiir seçkisi, 2007），遊記《把阿甘戲弄累啦》（Sataşma Ağan Yorgun, 2014）。

戀愛中的塔瑪拉
Tamara in Love

每當我倒履穿涼鞋

父親常說「你不是男子漢」

無花果牛奶、宇宙少女、僧人減肥粉

那個時候很多蠍子正在毒害我們的夢想

我們就說是我為妳在橄欖樹下死

我們就說是女巫在注視骷髏天宮圖

如今塔瑪拉怒氣沖沖從賭場回來

她就要把簽名海報貼在我的屍體上

塔瑪拉再次墜入看不到的意外戀愛

還是有些麻醉、傻笑和喝劣酒

每當我眺望黃昏的夕陽

父親常說「你不是男子漢」

虛幻的陽台夢
Unreal Balcony Dreams

昏黃的太陽無力躺在陽台上
我們也希望看到一些夢想，如此等等
但渡輪的汽笛聲把太陽叫醒

艾拉無憂無慮躺在陽台上
陽光像她身上的飢餓蛆蟲，如此等等

我們的生命沒有結束也沒有開始
就像伊斯蘭教長客廳那麼短

最後船隻都舒適躺在陽台上
所有夢想都精心包裝，如此等等
啊，所有乘客都在錯誤的港口下船

妮莎・雷拉
NİSA LEYLA

　　1972年出生於伊斯肯德倫（Iskenderun），在當地完成小學和中學教育，阿達納（Adana）的庫庫羅娃（Çukurova）大學經濟和行政科學學院畢業。詩發表在土耳其許多雜誌上，諸如《存在》（Varlık）、《禁果》（Yasak Meyve）、《新疆車站》（Sincan İstasyonu）、《詩刊》（Şiirden）、《我想念詩》（Şiiri Özlüyorum）、《海豹》（Mühür）、《莎草紙》（Papirüs）、《瘋狂的船》（Deliler Teknesi）、

《菩提樹》（Ihlamur）、《一代文學》（Kuşak Edebiyat）、《鉛筆》（Kurşun Kalem）、《庫爾幹文學》（Kurgan Edebiyat）、《自由表演》（Hürriyet Gösteri）、《詩》（Şiir）、《新阿達納》（Yeni Adana）、《生活藝術》（Yaşam Sanat）、《幽徑》（Patika）、《新時代》（Yeni Dönem）、《小馬》（Tay）、《阿富羅底藝術》（Afrodisyas Sanat）、《特姆林》（Temrin）、《文學圈》（Ring Edebiyat）、《行動藝術》（Ekin Sanat）、《詩的時間》（Şiir Saati）等等，也在許多國外雜誌刊載。另外寫短篇小說和童話故事。目前是作家聯盟和作家協會的會員。已出版詩集《精簡詩句》（Dar paçalı dizeler, 2014）、《如果滅絕是一句話》（Yokoluş Bir

Sözcükse, 2015）、《魔杖》（Sihirli Değnek, 2015）、
《阿達納夢想》（Adana Rüyası, 2017）、《夢幻沙
發》（Hayal Divan, 2018）。

和平
Peace

一再屠殺，還是要立定腳跟

我活著，因為有希望。

我苦難

就像奧斯維辛集中營後

餘生的人一樣

第一次世界大戰

原樣變成

第二次世界大戰

甚至越戰

我的痛苦在不斷增長

我的痛苦在不斷增長

我是希特勒，埋過猶太人

我屠殺過越南當地人

和加薩走廊餵乳中的嬰兒

我變得美國化

時時刻刻在殺人，一再殺人

我是立定腳跟的自由人

民謠似乎是我的啟蒙

我立定腳跟，因為有希望

我寫詩，我是野蠻女詩人

我繪雛菊圖畫

我有自己的規則和憲章

我是嚮往和平的世界
然而按照戰爭安排一切

我期待和平
我期待和平

你要如何把瞪羚藏在心裡
How Would You Store Up Gazelles In Your Heart

你要如何收集從世界本質掉下來的詩

若沒有感覺到飢餓的天空和乾渴的耐心

經由太陽的眼睛開啟知識

你要如何把瞪羚藏在心裡

即使人類種族瀕臨告終

希望的本體聚霜積存於權利內

你要如何把客體發送

進入永恆的奧祕

當我們柔光在跳動

時間會開始親吻海洋

旭出時裸露的頸項

你要如何把美麗

播種在嶄新的世紀

如果沒有感覺到爆炸的地面

即使生命依偎在樹根內

沒有愛，人人是奴隸，不是從自己開始。

飢餓
Hunger

你任其暢流的河無法治療我的心靈

你任其自如的山承諾無止境

你的樹提供蜜糖蘋果我無話可說

然而我內心的空虛無法容納

悲傷洞穴

你的林蔭大道沒有毀損

聲音揚起像一堵牆

你的希望像無芯的蠟燭

我就在其融化處

你用文字編織的生命

和從蜂蜜中提煉出來的神

無法療癒我

在我荒廢街道的孩童們

都餓死了

巴基·艾漢·惕
BAKİ AYHAN T.

　　1969年出生於阿達納（Adana），馬爾馬拉（Marmara）大學土耳其語言文學系畢業，擁有土耳其當代詩博士學位。學術研究主要集中在現代土耳其詩和評論領域。從小在阿達納就開始讀詩寫詩。第一首詩〈女孩是曼陀林的主人〉發表在《公共藝術》（Milliyet Art）雜誌，獲選入《青年詩人選集》。後來到伊斯坦堡，1997~2004年間發行《笨拙》（Budala）詩刊。持續在新期刊上發表詩，以及土耳

其現代詩評論文章。現任馬爾馬拉大學土耳其語言和文學學院的現代文學教授。已出版詩集《詐欺記憶的標度》（Hileli Anılar Terazisi, 2001）、《長久的讚美》（Uzak Zamana Övgü, 2003）、《為暴風雨做準備》（Fırtınaya Hazırlık, 2006）、《消失》（Kopuk, 2011）、《免票船》（Bilet Geçmez Gemisi, 2015）、《生活與想像博物館：詩全錄》（Hayat ve Hayal Müzesi: All poems, 2015），論文集《權衡》（Hilesiz Terazi, 2006）、《1980 年代土耳其詩》（Türk Şiirinde 1980 Kuşağı, 2006）、《書寫表現／文本分析與創作》（Yazılı Anlatım / Metin İnceleme ve Oluşturma, 2011）。

時間流逝
Time Passes By

時間流逝就像窗忘記關
像裸體透過窗反光。

時間流逝就像男人看女人
像生活退到角落。

時間流逝就像女人照顧自己
像火車找不到車站……

時光流逝就像破碎的鏡子
像變成完整的夢。

時光流逝就像顫抖的玫瑰
像自我放縱的女人。

時間流逝就像忘掉時間
像遺忘的時機。

時間流逝就像禁止分離
像隱藏後悔。

時間流逝就像延遲尖叫
像延遲轉變成尖叫。

時間流逝就像失落謀害時刻
像生命依附於死亡。

新婚婦女騎腳踏車
Newly Wed Woman Riding A Bike

晨歌從蜂巢流瀉出來

水仙花從生命牆上滲出水

白天隨時就要開始

她任意走下坡

伴隨傾瀉的耳語

一大群蝴蝶在她頭頂

群鳥飛向某處

陽光片片落在裙上

小溪分成兩道

戀戀不捨

忘掉世界和時間

自行車時代自行打轉

蜜蜂耳語連同群鳥啁啾

在宣述她的過往

遙遠完美的風

在講述

如果妙齡女孩全裸

無話可說，巴爾扎克說過

如果新婚婦女騎腳踏車

衝過迷霧和早晨

只好隨便啦

被洪水沖走的地球
The Globe That Got Carried Away
By The Flood

正當人人在夜裡睡覺時

地球被洪水沖走啦。

笑聲和哭聲因各洲而異

那時

他們的愛恨如今是多麼相同。

孩子曾經喜歡木製玩具

木車、木馬、木屋、木園……

如今正在刺穿天空的鋼鐵上消失。

曾經在洞穴裡做愛有不同的魅力
我們選擇自己顏色：無論男女
現在每人做愛都是在荒島
不會在海域間相遇。

即使在壞日子，貧困也不會傷害女性
男人和孩子看起來則正如
海水入侵，會使房屋變得更加損壞。

我們即將面臨不安和恐懼
這次洪水將會沖走屋頂和花園地面。

地球被洪水沖走啦

夜晚和睡眠如今更加深沉。

法迪・奧克台
FADIL OKTAY

　　1961年出生於尼科西亞（Nicosia）。創設夢想
（Hayal）出版社，出版詩集和《夢想》雜誌。詩
文發表在《夢想》、《伊斯皮諾茲》（İspinoz）、
《窗》（Pencere）、《象徵》（Simge）、《齋
月》（Andız）、《城市》（Şehir）、《科尼亞郵
報》（Konya Postası）、《克服困難》（Herşeye
Karşın）、《我想念詩》（Şiiri Özlüyorum）、《海
軍藍》（Lacivert）、《主題》（Temren）、《阿

科伊》（Akköy）、《過敏反應》（Anafilya）、
《禁果》（Kurşun Kalem）、《反藝術》（Aksi
Sanat）、《紫舟》（Mor Taka）、《船水箱》（Deniz
Suyu kasesi）、《走廊》（Koridor）、《海豹》
（Mühür）、《藍天》（Mavi Gök）、《阿喀沙》
（Akaşa）、《現實文學》（Gerçek Edebiyat）等，從
未投稿給詩壇霸王主導的雜誌。其詩因觀察入微、諷
刺意象、豐富文詞、廣博文化知識，吸引讀者興趣，
成為土耳其國內著名詩人之一。未參加過徵詩比賽，
只想用心寫作有價值的詩集。單身，有一女兒。現住
在安卡拉。已出版詩集《獨自在宇宙》（Kozmosda
Yalnızlar, 2003）、《總是佈置好》（Lay Lay Dilayla,
2009）、《自己會商》（Kendine Sesleniş, 2014）、

《一束41朵玫瑰》（2020）、《絲路幽靈》（İpek Yolu Hayaletleri, 2021, 在伊朗出版的波斯文本）。

徒弟
Apprentice

主人呀

我愛過那女孩從未親吻過

每次和她去散步

神也和我們在一起

主人呀

有一天我對她說要分手

純粹為她未來生活好

她就放開我的手並張開她的手

在她掌中正長出兩朵玫瑰

當時我就拿著玫瑰離開

她站在那裡，像微笑往生的女孩

主人呀，她只是靜立，沒有動作

主人呀，這種行為不合我

我的夢想都還沒有實現

甚至無能力買二手車

只有一支鐵撬拚命工作

但我嘗過一切味道

獨缺水的味道

我出生時赤身裸體

瞧吧，我又要赤身裸體死去

主人呀

但願我來世好運

祝你一切順利

詩
Poetry

詩是地球上的白種黑人

充滿悲傷的歌

對主人非常忠心的沙漠犬

詩可能是悲傷的笑容

不幸的故事，破碎的愛情

詩人的啞巴情婦

詩是不幸女孩的憂鬱尖叫

在夜裡街頭迴盪

艾雪和她蒙面男友
Ayşe And Her Secret-Faced Man

艾雪正在哭訴故事

她厭煩三次失戀和三位遺棄她的男人

正在給即將要來的新男友寫詩

心靈是樹木早枯的氣味，滲透紙背

艾雪的乳房受到粗魯愛撫而疼痛

她害怕黑暗不亞於孤女

在沒有飛鳥的沙漠夜晚寧靜中

長久沒有和任何人說過話

如今，艾雪把綠洲與墓地混淆

從她乾澀嘴唇滲出濃濃懊悔

全部死鬼柏柏爾人把她財物搜刮一空

她睡覺時，橘紅太陽落在她臉上

艾雪有隱藏在棕櫚樹影下的夢

深栗色馬匹，臀部發亮，氣喘吁吁

金色手工藝鞍囊內裝滿椰棗

蒙面馬賊的臉無人認出來

韋瑟爾・邱拉克
VEYSEL ÇOLAK

　　1954年出生於里澤區（Rize）的則維茲利（Cevizli）村。1992年安卡拉大學文學院土耳其語言文學系畢業，在伊茲密爾（İzmir）創辦詩刊《細繩》（Dize）。參加過許多徵詩比賽，獲得不少獎項。已出版詩集《冒汗的造物主》（Terin Yaktığı Bir Yaradan, 1978）、《在雨季》（Günlerin Yağmurunda, 1980）、《得到愛》（Aşkolsun, 1982）、《照片背景》（Fotoğraf Arkalıkları, 1985）、《面對情人》

（Ötesi Yar, 1985）、《死者對話》（Ölüler Diyaloğu, 1988）、《寓希望於愛》（Umut Aşktadır, 1993）、《冰與火》（Buz ve Ateş, 1994）、《愛的心聲》（Aşkın La Sesi, 1995）、《詩合集第1冊：祕密與傷口》（Giz ve Yara / Toplu Şiirler 1, 1996）、《詩合集第2冊：告別我的心肝》（Kalbim Hoşça Kal / Toplu Şiirler II, 1996）、《美麗的犯罪》（Güzel Suç, 2000）、《我的孿生情人》（İkizim Sevgilimdi, 2000）、《墨水時代》（Mürekkep Zamanlar, 2005）、《有些鳥有些回憶》（Birkaç Kuş Birkaç Anı, 2008）、《我們目標是愛》（Amacımız Aşk, 2010），童書《你是魚嗎？》（Sen Balık mısın? 1979, 2001），小說《異性的笑聲》（Cinselliğin Kahkahası, 1995）、

《詩人埃迪普・坎塞弗的血》（Edip Cansever'de Şairin Kanı, 1997）、《墨水之聲》（Mürekkebin İçtiği Ses, 1999）、《裸詩》（Şiir Çıplak, 2004）、《詩是什麼和如何寫詩？/創作課》（Şiir Nedir ve Nasıl Yazılır? / Yaratıcı Yazma Dersleri, 2004）、《注意！詩》（Dikkat! Şiir, 2009）、《反思的真相》（Yansımanın Gerçeği, 2009），編輯《你會感到詩外面冷》（Şiirin Dışında Üşürsünüz）、《就寫作而寫作》（Yazı Üzerine Yazı）、《詩的邊際語言》（Şiirin Kıyı Dili），都是伊茲密爾省卡爾舍亞卡市（Karşıyaka）出版物。

改變
Change

1.

女兒昨夜搞怪事

戴美麗面具

但似乎鬧情緒。

加上要命的彆扭

一點酒，孩子們怕怕

所有城市，不止一個，都是

永遠不會出現的可見面孔

瘋狂的生活驅使

渴望遠離狂人的水聲。

2.

最後一次相互抵減
從塗滿鮮血的夜晚滴落
是我們之間道路的搶劫距離
充滿暮氣沉沉的希望
骯髒的夜晚。

3.

山憤怒蒙灰進行
心臟將就凝結成塊
在焚火中忘掉自我
感情甚至截斷
毒藥的記憶

但在頸動脈上的反叛
使他受刺胸口的悲傷注定破滅。

4.
撕裂的最終地圖
必然會相撞，逃跑時
反正是一隻鬼鹿
讓獵人嚇破膽。

為愛
For Love

希望我們因等待而衰竭成為流行病

然後飢荒，然後戰爭速死。

孩子逐一埋葬掉

女人乳房不能再被親吻

妳的水被偷，妳的土地沒保留

每一扇門前的天啟四騎士

四把致命匕首

人人惰性，人人都是其中之一。

因此，我就要離開妳

以後就是忙碌的傷心之夜

突然間，留下的照片都變黑啦

房子的窗戶逐一裝好

門從內鎖，每個房間所在都遠離家鄉

我當然最想念妳

因此，我要鳥離開妳飛向自由。

我看到歌曲零落的地方

那邊的愛令人感到冷

那邊的海退離我們陸地。

我所做所為都觸動回憶

我所做所為，結果都有罪

反而讓我知道妳以為

我忘記妳的臉，我失去一切
在想某個地方，相信我會在那裡。

妳的睡眠受損，夜盡未得滿盈的愛
新的一天，誰知道會發生什麼事
妳一醒來就懶得懷疑。

沒時間啦
No Time Left

沒時間啦。水千萬別遲到
天竺葵會枯萎，我們存放的蘋果
若不趕快吃，會爛掉。

晚啦。妳在墜落的飛機上
孵育時刻不會誕生啦。
讓我們脫衣開始進入夢想
如果我們做愛冰山就會融化
我們志在抵抗，趕快，振作起來吧。

沒時間啦。願日子充實，妳愛登山
就與山手牽手，願少女歡笑。

來自亞洲手拿單朵康乃馨
堅硬的土壤導致流離。

時間難過。窗上痛苦的影子。
讓水域把我們收攏，聚集成沙
隨後把我們沖到隱蔽小徑
像愛情爭吵以致突然
從增加流量的瀑布墜落
當然在厭倦夢想者的口中
必定有其意義。

艾恬・穆特露
AYTEN MUTLU

　　出生於班德爾馬（Bandırma），1975年伊斯坦堡大學管理學院畢業。出版過詩、散文、短篇小說和文學評論集。部分詩發表在許多外國雜誌、報紙和選集，包含法國、瑞典、德國、西班牙、塞內加爾、摩洛哥、義大利、塞爾維亞、伊拉克、敘利亞、約旦、馬其頓、羅馬尼亞、西班牙、阿根廷、韓國、印度、俄羅斯。另外與他國詩人合作出版許多翻譯書籍。已出版詩集《持久的愛》（Dayan Ey

Sevdam, 1984）、《時間已到》（Vaktolur, 1986）、
《我想你》（Seni Özledim, 1990）、《頁岩》（Kül
İzi, 1993）、《往海》（Denize Doğru, 1996）、《兒
童與夜晚》（Çocuk ve Akşam, 1999）、《石器時
代》（Taş Ayna, 2002）、《尋找失落的意義》（Yitik
Anlam Peşinde, 2004）、《在火的核心》（Ateşin
Köklerinde, 2006）、《長船上之夜》（Uzun Gemide
Akşam, 2007）、《在門檻上》（Eşikte, 2009）、《伊
斯坦堡之眼》（İstanbul'un Gözleri, 2012）、《露珠》
（Çiy Taneleri, 2016）、《精神循環》（Ruh Döngüsü,
2018）。

舞蹈
The Dance

宴會總是會結束，吉普賽人
總是要散去
熄滅他們的官能狂熱

灰燼和黑夜總是留在草地變黃
還有那古老的風聲

總是顯出痛苦，那控制不住的水
連同落葉在腳上酣睡
像是最後一曲波爾卡舞

歲月總是從
酩酊歌曲的破手盆流出
向孤獨發出火花

而吉普賽生命之舞總是

在死神的魔法手臂上起跳

喝吧
Let's Drink

秋天到了

太陽和酒見證

葡萄藤葉在枝上漸黃

光的利刃見證

我們從時間的葡萄園

聚集在此表示遺憾

今天去找她吧，找時間

找用薄紗裙子罩住我們記憶的

紅色女神

我們已經有些迷失

超過我們應有的

像一壺酒，我們沒喝就倒掉

忘記的事太多

記住的太少

我們仰賴其天際的愛，是見證

算啦，喝吧

在我們的餘生

當傍晚像絕情歌降臨

讓我們把酒

在我們血液內徐徐擴散

就像情人重逢那一刻

回憶也是…
Memories Are Also…

我掉光樹枝

把葉子鈴鐺聲在風中散播

從遙遠的歲月帶來乾草

我說，火應該很大

在焚心的森林中

如果歲月是在門檻上的

沉默石頭

如果在血管中開闢藍色街道

應該聽到那寂寞的笑聲

樹黎明時赤裸裸

應該像煙火漩渦般燃燒

火應該很大

回憶也在愛的墳墓裡

佈滿灰燼

努度蘭・杜曼
NURDURAN DUMAN

　　身兼詩人、劇作家、翻譯家、編輯等身份，住在
伊斯坦堡。熱烈嚮往海洋，獲伊斯坦堡科技大學海洋
工程師和海軍建築師學位。土耳其最負盛名的報紙之
一《共和國》（Cumhuriyet）專欄作家。詩被翻譯
成芬蘭文、華文、西班牙文、亞塞拜然文、保加利
亞文、羅馬尼亞文、斯洛伐克文、法文、德文、奧克
文、馬其頓語文、義大利文。為廣播和電視主持文學

節目《文體類型》（Yazın Küresi）和兒童文學節目

《書籍寶庫》（Kitap Hazinesi）。

茶壺
Teapot

我混入從妳根部扯斷的街道不再有玫瑰花苞
路縮短了，一個小小花苞
隨著我的思慕消沉，我是茶，有些血紅
較少鍾情的人

媽媽前來把我的新芽包好，撿起來藏進屋內
讓我籠罩在受妳歌曲振動的窗，搭配香草
加糖，用妳的手攪拌調製成家常飲料，媽媽呀

我離開街道我是凍傷的花瓣我的汗水流倦了
我帶回失落的感情我有點空虛，完全分崩離析
我是小屋頂小門廊，我是撕散的玫瑰花苞
不再有啦

媽媽前來幫我撣掉灰塵，把我像一卷紙塞進胸膛
用字母和搖籃曲又把我拿出來，讓我睡三天三夜
媽媽呀，讓我活生生躺在妳眼前
把厚厚的內墊覆蓋我全身

彩色編織
Weave of colors

每天早晨在情人頭髮中捕捉到夕陽
循環穿透光的紅色線束

因為每一支箭都從黎明射出
傍晚是從正午編織到夜裡
從悲傷到快樂……臉有兩面

人人知道分享是神聖的
若樹葉和陳述不腐化，則死亡
是綠色花園，回報無窮盡

人從沸水中蒸發到天空表面

把天空塗藍以致下雨

種樹成長的人，與無窮盡相混

有愛雨的人，也有不懂得如何去愛的人

鴿子咕咕聲
Doves' Coo

——給看不到孩子們飛過移民天空的觀鳥者

你的翅膀總會繼續發生拍空

在三個階段三個願望後你將成為天使

你的手現在只能做「但是因為而且以後還有」

看看這些連接詞在寬闊跑道上行走多美呀

年輕生命圈走過熱辣空氣你的腳看到嗎

或者也是連接詞，在我們的籃子裡有三輪車

為我們鄰國邊界連接陸地與海洋

這無能的腳踏車也會使這個時代傾覆翻轉

你始終對白色不是高傲就是冷淡

或者是冷淡和高傲的連接詞

你是支持白色的雪白除非你不看不聽

如果你心裡想要或者也是連接詞

如果掐住你的喉嚨你畢竟是人

別指望可埋掉兒童的紅鞋

無顏色無歌聲別指望搖籃曲

你的翅膀繼續發生拍空

有時總會這樣

繆塞爾・葉妮艾
MÜESSER YENIAY

  1984年出生於伊茲密爾（İzmir），在土耳其國內得過許多獎項。已出版《黑暗降臨》（Dibine Düsüyor Karanlik, 2009）、土譯世界詩選《我把房屋建在山上》（Evimi Daglara Kurdum, 2010）、《我重繪星系圖》（Yeniden Çizdim Gögü, 2011）、《另一種意識：超現實主義和二度創新》（The Other Consciousness: Surrealism and The Second New, 2013）、《沙漠在我前方》（Before Me There Were Deserts, 2014）、

《土耳其文學現代讀本》（Modern Readings in Turkish Literature, 2016）、《與親愛的永久談話》（Permanent Talk with the Beloved, 2017）、《詩的記憶：書寫詩學、準則和女性》（The Memory of Poetry: Writings on Poetics, Canon and Women, 2018）。土譯過伊朗詩人貝魯茲・基雅（Behruz Kia）、以色列詩人隆尼・索梅克（Ronny Someck）、匈牙利詩人阿惕拉・巴拉茲（Attila F. Balazs）、越南詩人梅文奮（Mai Van Phan）和阮光韶（Nguyễn Quang Thiều）的詩。詩集已在國外出版有：美國《當我睡在玫瑰花瓣內》（When I Sept in a Rose Petal)、匈牙利《玫瑰色儀式》（A Rozsaszedes Szertartasa）、法國《就這麼決定》（Ainsi Dicent-ils）、印度《菩提》（Bodhi）、

哥倫比亞《沙漠在我前方》（Antes de mi Habia Desiertos）、西班牙《詩選集》（Poemas Selectos）、越南《馮懷疑兩朵玫瑰》（Nghi le Hai Hoa Hong Trong Vuon）、日本《火焰二重奏》（Duet of Flame）。擔任過駐美國、香港和比利時的作家。現為《詩刊》（Şiirden）編輯。

病態
Illness

你打我
就像在拳擊牆壁

女人
不是你的巢穴
任你隨時喜歡
就可以躺下

你不能像松鼠
攀越過她

牠撒在裡面的
不是花蜜
是小便

牠喜歡這樣

就像在搖樹一樣

男子神氣

是一種嚴重病態

這世界是男人
This World Is A Man

我是女人

像這個巨大地球

               不長樹

       也許我還活著

       我在地底下

       生活顛倒

我不呼吸

所以可留在這世界上久一些

有時我去投靠男人

           ——虛無飄渺——

這世界是男人

強壯、懦弱、詐欺

悲嘆
Lament

媽媽呀，身為女人
意味受侵犯！

他們奪走我的一切

女人奪走我的童年
男人奪走我的女性尊嚴……

神不該創造女人
神不懂如何生育

這裡，所有男人肋骨
都斷啦

我們脖子細如髮

男人肩上
揹我們好像在出殯

我們一向在他們腳底下

我們從世界飛往亞當
輕如羽毛

媽媽呀！我的話
是他們的腳印……

齊德姆‧塞澤爾
ÇİĞDEM SEZER

　　1960年出生於特拉布宗市（Trabzon），在當地就讀小學和中學後，在安卡拉完成大學教育。大學畢業後，長期擔任中學教師。除詩集外，也出版過小說和兒童讀物。有兩個孩子，現住在安卡拉。已出版詩集《長翅膀的旅鶇》（Kanadı Atlas Kuşlar, 1991）、《瘋狂的水》（Çılgın Su, 1993）、《票房不幸》（Kapalı Gişe Hüzünler, 1996）、《城市紀念照片》（Bir Şehrin Hatıra Fotoğraflarından, 1998）、《地球日蝕》（Dünya

Tutulması, 2005）、《渡海》（Denizden Geçme Hali, 2009）、《淡季》（Küçük Şeyler Mevsimi, 2016）、《我心裡有些憂鬱/分神》（Aklımla Aramda Mavi Bir Şey Var / Ferda, 2019），小說《愛情與香料》（Aşklar ve Baharatlar, 2008）、《青草地上的女人》（Mavi Çayırın Kadınları, 2013）、《隱藏的春天》（Saklı Bahar, 2017），另有《我心繫特拉布宗市北門》（Kalbimin Kuzey Kapısı Trabzon, 2007）、《流動文字敲響查曼‧艾哈邁德‧厄澤爾的生平和作品》（Akan Söz Çınlayan Zaman Ahmet Özer'in Yaşamı ve Yapıtları, 2009）、《哇，我母親寫詩喔》（Eyvah Annem Şiir Yazıyor, 2017）。

存在與不存在
To Existence And Non Existence

父親啊，人何時才能夠習慣生活？

你的臉隨時會碰到雨

我問起你致使大地嚇一跳

我知道死亡，我長大啦

我童年是四季紫丁香

以分針出發

像蝎子

行進

超越善與美……來掩蓋我們習慣的傷口

遲來的話重壓在我的馬鞍上

康乃馨，蒼白，所以

在悲傷中

無論如何把我的話傾注

灑在你的地面

已脫掉馬蹄鐵

就像跑進黑暗屋內

你死去，你不在的時候

我懂得存在

父親啊，人怎能習慣內心的玻璃碎片呢？

我媽媽就要去斷崖生產
My Mom is Going To Give Birth To A Cliff

如此獨處，這樣更好

如翻來覆去讀故事

如開始和海打交道

你從未去過的海

如翻來覆去開始讀

刻骨銘心的話

給我一把斧頭

一把刀去把水切成兩半

將我所知道的全部故事淹沒

如此沉默，這樣更好

若我死，就會如此傳聞，我在此

門在我身後封鎖

身體或心靈，何者是髒手帕？

給我一把斧頭

一把刀讓我內心的斷崖與風同在

我說斷崖，還有斷崖的一把沙

不能隨便讓風吹走

我沒事，我沒事，沒事

開始和結束都已知道

我把話都放在
生命的破爛椅子上
藉此讓宇宙虛擬

如此獨處，如此沉默，這樣更好
只要我能把話埋藏……

給我一把斧頭
一把刀，若我說出來，我媽媽就要去斷崖生產

希望之歌
The Song Of Hope

請把太陽裝設在我花園裡

把兩顆星放進鍋內

讓雲在天空跳舞

嗨，百吉餅老闆

我把你的百吉餅全買啦

你今天就休息吧

胡塞殷・裴克爾
HÜSEYİN PEKER

　　1946年出生於伊茲密爾（İzmir），在艾斯雷夫帕薩（Esrefpasa）地區長大，伊茲密爾阿塔圖克（Ataturk）中學畢業，然後獲得伊斯坦堡新聞學院學士學位。起初從事繪畫，由此進入藝術行旅。由於婚姻和職業，暫停藝術生涯，1990年退休後重操舊藝。散文、詩和短篇小說，都在當代重要文學雜誌發表。育有一子一女。現住在伊茲密爾市。已出版詩集《人類是你的朋友》（İnsan Arkadaşınındır,

1997）、《來自地球的奴隸》（Yer Bezinden Bir Köle, 2000）、《聲音集群》（Ses Salkımları, 2002）、《火警鐘聲》（Ateşin Zilleri, 2007）、《單槍》（Tek Vuruş, 2007）、《從我到妳》（Benden Sana Yamalı, 2011）、《讓我參加遊戲》（Beni Oyuna Kaldır, 2017）、《沒有灰塵時》（Toz Bile Değilken, 2017）、《暢通》（Engelsiz, 2018），小說《打印機或其他故事》（Yazıcı Ya da Bir Yol Romanı, 1996）、《來自伊茲密爾》（İzmirli, 1998）、《手提包商》（Eli Torbalı Adam, 1999）、《稻草餐廳》（Hasır Lokantası, 2019）。

厭煩的地圖
Weary Atlas

人人都為自己選擇一座城市

要出生在另一個城市，名字不詳

只知有風，曉得有奶與蜜

備好紙，創造其聲音，低語其記憶

要住在另一個城市，賺取麵包

從這裡觀看愛情遊戲

生活是此地中心，在屋頂鋪沙和陽光

人人都為自己選擇一些為遮蔭、為季節

為夏天的城市，為朋友、為喝酒的城市

為熱愛綠色和海的另一個城市

結廬隱居在山上、街上

織網跨越騎樓，先是錢包裡的身份證

然後從建築物所需支出結交朋友、親戚

城市終於變成熟悉的城鎮模型

你出三塊石頭我出五塊建築一個家

進住，開始復製，當作所有選定城市的總和

暴風為屋頂，雨水為梁柱，太陽為配偶

窗外青翠景觀，令人為之身殉的顏色

期待埋葬在那個城市，接近盡頭的某處。

我的單身電視機
My Single Person TV

你有家、房間、壁爐全套

有兩個孩子，熱湯

電視開著，有節目可看

啊，你還要什麼？

你有噪音，有縫好、乾淨、熨過的襯衫

有爐子、熱食

有母親晚上溫馨望著你

有父親偶而使你心煩但還是叫他爹，他會聽你說話

啊，你還要什麼？

這些我都缺，我是雪冬裡受傷的孤隻麻雀

獨自在窗台上度過兩個冬天

常常想念你

在群聚的冬夜

想到你在看電視

讓人喜愛

鹽杯
Salt Cup

今夜在危屋裡有太多雷聲

以為抗爭的雲不再入睡

世界搖動得像鳥尾

我看到彩色燈光，往昔的痕跡

我已經奔跑過千年

躲在灰燼中的日子不算

太多雷聲，砲轟數月

在到處閃爍燈火、祕吻

和單面作戰的歲月中

我生活在角落抓霧

躲開肌肉拉傷的鬥劍

我留下的鹽杯如今應已過時

我正要放鬆睡眠，玻璃杯留下來

要求改天

使雷聲可以再創天空事件

聶蒂媚‧柯斯潔洛閣露
NEDİME KOŞGEROĞLU

　　1961年出生於埃斯基謝希爾（Eskişehir），1984年
哈斯特帕（Hacettepe）大學附設護理中學畢業，1996年
獲該大學博士學位，同年在奧斯曼加齊（Osmangazi）
大學附設護理中學擔任助理教授，2006年升副教授，
2012年晉升教授，2019 年退休，2020年移居英國。
散文、詩和短篇小說，都在當代重要文學雜誌發表。
已出版詩集《何以時光不老》（What didn't time get
old, 2003）、《從時間顆粒》（From the grain of time,

2005）、《當陰影超越他們》（When the shadows surpass them, 2006）、《我已在頭頂上建設城市》（I have planted a city above me, 2009）、《關節在水中疼痛》（Joint Pain in Water, 2016），小說《來自任何人的愛》（With love from anyone, 2011）、《愛沒有來到我們這邊》（Love didn't come to us, 2022），論著《創意女性》（Creative women, 2008）、《陷入暴力中的女性》（Woman in violence, 2009）、《鄉村學院和女作家》（Village institutes and women writers, 2009）、《預防家庭暴力》（Prevention of domestic violence, 2010）、《社會性別平等》（Social gender equality（2011）、《護理與美學》（Nursing and aesthetics, 2012）、《護理與美學第二冊》（Nursing and aesthetics II, 2019）。

女人
Woman

黎明斷掉夢的地方

女人斷掉耐心

靜悄悄

她的舌頭無法歡呼

她的心

她的眼光觸不到她的皮膚

她照顧孩子

然則她斷掉牛奶

還有黑暗的念頭

然後她的頭髮

頭髮是沒有身份證的難民

個別隨風移居

正如她就要斷掉

絕望

在雨中

她陷入數以百計的夢

愛情
Love

人自願受騙

每次愛情結束時

各種顏色都自願受苦

在愛情懷抱中的男人

從眼睛亮麗的夏天

到愁眉苦臉的冬天

如果為了愛情自願穿上

緊身外套

就知道死神無辜

在愛情環抱中的男人

可與死神競爭

愛情就在詩的膝上

但是像孩子

可以沉沉入睡

偏頭痛
Migraine

兩人在床上沉默無語

天堂在你們腳下

偏頭痛在你們頭上

通告無畏狀態

風呀你一直吹不停

感謝神！

消除痛苦

航向另一站

我剛剛錯過就寢時間嗎？

你忍受我的脾氣，我來帶頭

老兄你名叫偏頭痛

孤獨柔軟被單

貝督珥・塔里蔓
BETÜL TARIMAN

　　就讀於哈斯特帕（Hacettepe）大學歷史系。
1992年在《海岸》（Kıyı）雜誌發表第一首詩。迄
今刊載其作品的雜誌有《存在》（Varlık）、《節
目》（Gösteri）、《文字》（Sözcükler）、《電子文
學》（E Edebiyat）、《靜脈》（Damar）、《禁果》
（Yasakmeyve）、《男人藝術》（Adam Sanat）、《文
學與評論》（Edebiyat ve Eleştiri）。2005年獲奈卡替吉
爾（Necatigil）詩獎。現為《共和國圖書》（Cumhuriyet

Kitap）撰寫文學廣告文。已出版詩集《月亮獨奏》
（Ay Soloları, 1995）、《濟萊傷心》（Üzgündü Kırlar,
1996）、《雪信》（Kardan Harfler, 2000）、《晚安
評論》（Güle Gece Yorumları, 2002）、《路人》（Yol
İnsanları, 2004）、《雪梯》（Kar Merdiveni, 2007）、
《盛大儀式》（Ağır Tören, 2009）、《軋機》（Hadde,
2012）、《風在折磨》（Rüzgârın Azabı, 2015）、《專
用剪刀》（Maksatlı Makastar, 2019），童書《如果我
說蘋果，就退出》（Elma Dersem Çık, 2008）、《夢
中飛鳥》（Rüyaya Kaçan Kuşlar, 2010）、《遊龜之夢
》（Gezgin Kaplumbağanın Düşleri, 2011）、《你在我
手中》（Elim Sende, 2011）、《眼淚汪汪的小青蛙》
（Ufacık Tefecik Kurbağacık, 2012）、《迷路的螞蟻玉

莉》（Kayıp Karınca Yuli, 2014）、《天上王子阿寶與少女》（Gökyüzü Prensi Po İle Küçük Kız, 2014）、《少女前奏曲》（Kızlar İçin Prelüd, 2014）、《蘋果樹鎮居民》（Elma Ağacı Kasabası Sakinleri, 2018）、《皮蒂與雷蒂》（Piti ile Repti, 2021）、《亞基奧與弗萊多》（Akio ile Fledo, 2021）、《風為稻草人講故事》（Korkuluğa Masal Anlatan Rüzgâr, 2022）、《貓尾有雲》（Kuyruğunda Bulut Gezdiren Kedi, 2021）、《卡雷齊的祕密》（Kaleiçi'ndeki Sır, 2022），以及其他《小鬍子理查》（Rıza Bıyık, 2018）、《蒼蠅城市》（Sinekler Şehri, 2021）、《扎爾山》（Zer, 2015）、《和這些人在一起》（Şiirli Takvimden Papaz Mektebine Kastamonu, 2011）。

裁縫媽媽城
Tailormom's City

一座大型公共花園

離愛很近

孩子們看做叔叔

有時注意悲傷

是家庭父老

在未熨平的手帕上

一首不成文的詩

裁縫媽媽城

咖啡氣味的夢

屋頂上的愛情鳥

喜歡寒冷房間

每季味道都像秋天

花園知道這點

而園丁卻要等到復活日

我的裁縫是時間

牆壁每季都在傾訴

作業像在寫詩

適於詮釋雨

紀念品
Souvenir

媽媽告訴過我

傷心的內衣不要到處放

然後我就迷戀服裝的意義

衣架上媽媽的可怕氣味

而喜悅的破布

是如此強烈味道

但我內心的狂小孩是如此膚淺幼稚

服裝是舊服裝

「夢中夢意味小孩」

然後到了九月,然後

媽媽埋葬在聖地

她通常是我熱燙的嘴巴

用乾燥的嘴唇咬住我
此刻就是如此

穿佈滿玫瑰的服裝

他是虛無
Nothingness He Is

破裂：對我來說他就是這樣

我小心翼翼撫養的男人

失敗又天真，彷彿在祈禱中

縫得愈多，乏味的帳篷就愈膨脹

我手沾的猜測

汗流如奔躍過柵欄的馬

壞脾氣而且少見

破裂：狹窄令人焦躁

令我焦躁的是我這個女人

我麻痺啦，我沒有手

就把前額靠在胸前怎麼樣

夢不會下雨在窮人的房屋上

沙黎・郭哲克
SALİH GÖZEK

　　1953年出生於提爾（Tire），安卡拉衛生職業學院畢業，在大學主修經濟學。曾經擔任過醫事放射師，退休後，從事財務顧問工作。第一首詩發表在《黏貼》（Paspatur）文化藝術雜誌，至今繼續在其他文學期刊上發表作品。已出版五本詩集，即《開窗》（Bir Pencere Aç, 2006）、《我的心在門檻上等待》（Yüreğimdi Eşikte Bekleyen, 2015）、《米赫里》（Mihri, 2020）、《我煩惱的米拉》（Tut Avazımdan Mira, 2020）、《找我》（Beni Bul, 2020）。

告訴我不可能的事
Tell Me The Impossible

我知道你怨恨生活

你的心臟是祕密破洞處

告訴我不可能的事

無法彌補的就是灰燼

別怕把你的憂慮告訴我

在無聲無息的雨霧中

我能聽到你的心跳

海與家用香水
Sea And Home Scent

雲投影在海面

海浪湧入我掌中

此地港口無法起錨

連船都不適合進入此場地

孤隻海鷗向空鳴叫

月桂花香飄落海灣內

海的層層閃光中有魚影

大約此時城市人都是早起的鳥

臉上匆忙面對白天無聊事

流向大道以迄遠處偏僻地方

生活經由家用香水故事採取報復

受乳的兒童在夢中

被遺棄到夜海裡怎麼辦

我若是鳥
If I Were A Bird

我若是鳥

候鳥

遠離城市

從平原到山上

懸崖始終很遙遠

若我和藍天混在一起

若我是鳥

遠離子彈威脅！……

辜倫瑟・詹卡雅
GÜLÜMSER ÇANKAYA

　　1966年出生於奧斯馬尼耶（Osmaniye）。第一首詩〈南方〉（Suçüstü）發表在安塔利亞（Antalya）出版的《花園》（Bahçe）雜誌。後來繼續發表詩文的雜誌，有《伊萊茲文學》（Eliz Edebiyat）、《細繩》（Dize）、《勞動詩人》（La Poete Travaille）、《禁果》（Yasakmeyve）、《存在》（Varlık）、《書架》（Kitaplık）、《鉛筆》（Kurşun Kalem）、《菩提樹》（Ihlamur）、《辣椒》（Pulbiber）。創辦並主

編《積極》（Etken, 2000）和《詩時間》（Şiir Saati, 2008）雜誌。得過若干詩獎。詩被譯成英文、法文、保加利亞文、羅馬尼亞文、扎扎文。為土耳其作家協會和筆會會員。現住在伊斯坦堡。已出版詩集《大海後方》（Denizden sonra, 2006）、《冷卻》（Soğuma, 2010）、《原因》（Sebep, 2018）、《信中夾詩》（Mektupta Şiir Var, 2018）。

革命
Revolution

夢裡有人愛撫我

我全身蓋毯子

正感到奇怪

我會興奮

空虛緊包住我們像毒藥

我傾倒在對岸，革命

正醞釀中

稍後會到達森林

或到海才離去

我有多少河流匯向你

你擴大的世界
失掉我。我經過一次遺忘
在內心焦躁

我全是你的，在你木窗台上
一顆珍珠

我經過的距離
夢裡有人親吻我
我來囉

對齊
Alignment

次日，我探知
有一間空屋

次日寒氣上升

後一天我捲縮
在椅子上

我愈來愈像湖
在你我之間的距離
需要箭或是盾牌

在家裡這無所謂

黃昏在陽台上

你該會提到對街的流浪漢

真相與我的白日夢合拍

逐一消損我的魅力

我屈服啦

窗簾
Curtain

小時候，我彎腰俯看水

我挺立身體像女人

真正感到頭暈

我依賴

你的平衡

他們已經知道我這海岸

在地圖上的任何角落

雖然我是碎片

難道我不是堆積的熔岩嗎

我的身體為這條長廊
發癢。還逍遙自在。甚至
感覺在家裡一樣

我最大的心願是
想知道又不想知道
那就是我內在的空虛
能夠容納你

除了抗拒愛還有什麼
窗簾算什麼呢?你的太陽
固定在上面,把我撕裂

語言文學類　PG2893　名流詩叢47

土耳其詩選
Anthology of Turkish Poetry

編　　選 / 法迪·奧克台（Fadıl Oktay）
譯　　者 / 李魁賢（Lee Kuei-shien）
責任編輯 / 石書豪、紀冠宇
圖文排版 / 陳彥妏
封面設計 / 吳咏潔

發 行 人 / 宋政坤
法律顧問 / 毛國樑　律師
出版發行 / 秀威資訊科技股份有限公司
　　　　　114台北市內湖區瑞光路76巷65號1樓
　　　　　電話：+886-2-2796-3638　傳真：+886-2-2796-1377
　　　　　http://www.showwe.com.tw
劃撥帳號 / 19563868　戶名：秀威資訊科技股份有限公司
　　　　　讀者服務信箱：service@showwe.com.tw
展售門市 / 國家書店（松江門市）
　　　　　104台北市中山區松江路209號1樓
　　　　　電話：+886-2-2518-0207　傳真：+886-2-2518-0778
網路訂購 / 秀威網路書店：https://store.showwe.tw
　　　　　國家網路書店：https://www.govbooks.com.tw

2023年3月　BOD一版
定價：290元
版權所有　翻印必究
本書如有缺頁、破損或裝訂錯誤，請寄回更換

讀者回函卡

國家圖書館出版品預行編目

土耳其詩選 / 法迪.奧克台(Fadıl Oktay)編選；
　　李魁賢譯. -- 一版. -- 臺北市：秀威資訊
科技股份有限公司, 2023.03
　　　面；　公分. -- (語言文學類；PG2893)(名
流詩叢；47)
　　BOD版
　　譯自：Anthology of Turkish poetry.
　　ISBN 978-626-7187-51-7(平裝)

864.151　　　　　　　　　　　111021369